Pour de vrai

et pour de rire

Comédie à sketchs

Du même auteur

Pièces de théâtre

À cœurs ouverts, Alban et Ève, Amour propre et argent sale, Apéro tragique à Beaucon-les-deux-Châteaux, Après nous le déluge, Attention fragile, Avis de passage, Bed & Breakfast, Bienvenue à bord, Le Bistrot du Hasard, Le Bocal, Brèves de confinement, Brèves de trottoirs, Brèves du temps perdu, Brèves du temps qui passe, Bureaux et dépendances, Café des sports, Cartes sur table, Comme un poisson dans l'air, Le Comptoir, Les Copains d'avant… et leurs copines, Le Coucou, Comme un téléfilm de Noël en pire, Coup de foudre à Casteljarnac, Crash Zone, Crise et châtiment, De toutes les couleurs, Des beaux-parents presque parfaits, Des valises sous les yeux, Dessous de table, Diagnostic réservé, Drôles d'histoires, Du pastaga dans le champagne, Échecs aux Rois, Elle et lui, monologue interactif, Erreur des pompes funèbres en votre faveur, L'Étoffe des Merveilles (adaptation), Euro Star, Fake news de comptoir, Flagrant délire, Gay Friendly, Le Gendre idéal, Happy Dogs, Happy Hour, Héritages à tous les étages, Hors-jeux interdits, Il était un petit navire, Il était une fois dans le web, Juste un instant avant la fin du monde, La Fenêtre d'en face, La Maison de nos rêves, Le Joker, Mélimélodrames, Ménage à trois, Même pas mort, Minute papillon, Miracle au couvent de Sainte Marie-Jeanne, Mortelle Saint-Sylvestre, Morts de rire, Les Naufragés du Costa Mucho, Nos pires amis, Photo de famille, Piège à cons, Le Pire Village de France, Le plus beau village de France, Plagiat, Pour de vrai et pour de rire, Préhistoires grotesques, Préliminaires, Primeurs, Quarantaine,Quatre étoiles, Les Rebelles, Rencontre sur un quai de gare, Réveillon au poste, Revers de décors, Sans fleur ni couronne, Sens interdit – sans interdit, Spécial dédicace, Strip Poker, Sur un plateau, Les Touristes, Trous de mémoire, Tueurs à gags, Un boulevard sans issue, Un bref instant d'éternité, Un cercueil pour deux, Un os dans les dahlias, Un mariage sur deux, Un petit meurtre sans conséquence, Une soirée d'enfer, Vendredi 13, Y a-t-il un auteur dans la salle ? Y a-t-il un pilote dans la salle ?

Essai

Écrire une comédie pour le théâtre

JEAN-PIERRE MARTINEZ

Pour de vrai

et pour de rire

Comédie à sketchs

La Comédiathèque
comediatheque.net

S'il est parfois difficile de démêler le vrai du faux,
on peut prendre un malin plaisir à les entremêler.
Pour de rire.

*Tous les personnages sont indifféremment des hommes ou
des femmes.*

© La Comédi@thèque
ISBN : 978-2-37705-526-5

Table des matières

1 – La fête des morts

Une tombe, avec un portrait du défunt et une plaque « À la mémoire de Jacky ». Par terre un vieux journal. Deux personnages arrivent l'un après l'autre, chacun avec un pot de fleurs, qu'ils déposent maladroitement devant la tombe. Ils semblent ne pas se connaître, et ils ont l'air embarrassés. Silence.

Un – Toutes mes condoléances.

Deux – Merci...

Un – Vous êtes de la famille, sans doute...?

Deux – Euh... non, pas vraiment. Et vous ?

Un – Moi non plus.

Ils regardent autour d'eux pour vérifier qu'ils sont bien seuls.

Deux – On est peut-être en avance.

Un – Oui...

Deux – Ou en retard.

Un – C'est étonnant qu'on soit si peu nombreux.

Deux – Pourtant... c'était quelqu'un de très apprécié.

Un – Oui.

Deux – Vous le connaissiez ? Enfin, je veux dire... vous le connaissiez bien ?

Un – Pas plus que ça, en fait... Et vous ?

Deux – Moi non plus. D'ailleurs, je vous avoue que je ne sais pas très bien ce que je fais là.

Un – C'est toujours un peu ce qu'on se dit quand on assiste à un enterrement, non ?

Deux – Oui... On vient pour faire plaisir et puis... on finit par se demander ce qu'on fait là.

Un – Pourtant, je m'étais bien juré de ne plus assister à aucun enterrement.

Deux – Oui, moi aussi... Sauf le mien, évidemment.

Un – On a quand même bien fait de venir... sinon il n'y aurait eu personne.

Un temps.

Deux – C'est bien triste...

Un – Ce n'est pas un âge pour mourir, c'est sûr.

Deux – Il avait quel âge, exactement ?

Un – Exactement... je ne sais pas. Mais il n'était pas si vieux que ça, non ? D'après sa photo, en tout cas...

Deux – C'est peut-être une vieille photo.

Un – Peut-être... Vous avez remarqué ? Quand on met une photo sur une tombe, en général, on choisit une photo du défunt quand il était encore jeune et en bonne santé.

Deux – C'est vrai. Une photo de lui avant sa maladie ou... son accident.

Un – Ou... sa décrépitude.

Un temps.

Deux – D'ailleurs, il est mort de quoi, au juste ?

Un – Ah, je ne sais pas...

Deux – Ce qu'on sait, c'est qu'il est mort.

Un – C'est même la seule chose qu'on sait de lui avec certitude.

Silence.

Deux – Elles sont très belles, vos fleurs.

Un – Les vôtres aussi.

Deux – Ce sont les mêmes, non ?

Un – On a dû les trouver au même endroit.

Deux – Oui...

Un – J'ai trouvé les miennes sur une tombe, pas très loin d'ici. Je n'avais pas pensé à acheter des fleurs alors... j'ai pris celles-ci en passant.

Deux – Ah, oui...

Un – Et vous ?

Deux – Pareil. Je n'avais pas d'argent sur moi... Je les ai ramassées sur une tombe, un peu plus loin, là-bas.

Un – Les fleurs, c'est devenu tellement cher, de nos jours.

Deux – Et puis bon, celui à qui on les a volées n'ira pas se plaindre à la police.

Le regard de l'autre tombe sur le journal, par terre.

Un – Je ne sais pas ce qu'il fait là, ce journal... Ils auraient pu le ramasser...

Il ramasse le journal et regarde la une.

Deux – Il n'est pas très bien entretenu, ce cimetière. Je ne sais pas s'il y a un gardien. N'importe qui peut voler des fleurs sur la tombe d'un inconnu.

Un – Tiens c'est curieux, il y a sa photo en première page...

Deux – Sa photo ?

Un – C'est au sujet de sa disparition...

Deux – Et alors ? Il est mort comment ?

L'autre parcourt l'article.

Un – Un carambolage, apparemment.

Deux – Ah oui...?

Un – Il avait trois grammes d'alcool dans le sang, il roulait trop vite, il a franchi une ligne jaune, et il a pris de plein fouet la voiture qui venait en face.

Deux – Ah merde.

Un – Celle qui venait juste derrière n'a pas eu le temps de freiner non plus.

Deux – Plusieurs victimes, donc...

Un – Avec lui, ça fait trois.

Deux – Tout ça à cause d'un chauffard...

Un – Si j'avais su... je ne suis pas sûr que je serais venu.

Deux – Non, moi non plus...

Un – Mais est-ce qu'on avait le choix ?

Ils échangent un regard énigmatique. Nouveau silence. Un troisième personnage apparaît.

Deux – Ah... voilà quelqu'un d'autre.

Un – La famille, sans doute.

Le troisième personnage s'approche. C'est celui dont on voit le portrait sur la tombe.

Deux – Ça doit être son frère, il lui ressemble un peu.

Trois – Bonjour... Merci d'être là... Enfin, je veux dire...

Deux – Non, non... C'est normal.

Ils se recueillent un instant en silence.

Trois – Vous ne m'en voulez pas trop, j'espère...

Les deux autres échangent un regard étonné.

Un – Pourquoi est-ce qu'on vous en voudrait ? Ce n'est pas vous qui l'avez tué, j'imagine...

Trois – Non bien sûr... Encore que, d'une certaine façon...

Un – Ah oui...?

Trois – En tout cas, merci pour les fleurs.

Deux – Il n'y a pas de quoi, je vous assure...

Un – C'est la moindre des choses... *(Un temps)* Vous êtes... Enfin vous étiez...

Deux – Vous le connaissiez bien...?

Le troisième personnage semble un peu surpris.

Trois – Oui, on peut dire ça.

Deux – C'est vraiment trop bête de partir comme ça... Aussi jeune...

Trois – Oui...

Un – Sans parler des deux autres victimes, qui n'avaient rien demandé à personne.

Deux – L'alcool au volant, quel fléau... On ne le dira jamais assez...

Malaise.

Trois – Enfin, maintenant, on ne peut rien y changer, alors à quoi bon se lamenter ? *(Un temps)* Je vous sers quelque chose ?

Un – Pardon ?

Trois – Un rafraîchissement ? Une coupette...

Moment de flottement.

Deux – Va pour une coupette. Après tout, ça nous remontera un peu le moral...

Trois – Et puis maintenant, qu'est-ce qu'on risque ?

Le troisième personnage repart.

Un – Pourquoi pas...? Ça se fait de boire un verre à la santé du défunt, non ?

Deux – Vous voulez dire à sa mémoire, sans doute. Parce que boire à la santé d'un mort...

Un – Oui, bien sûr...

Deux – Et puis généralement, on ne trinque pas directement sur sa tombe, si ?

Un – Je crois qu'ils font ça, au Mexique, le jour de la Fête des Morts.

Deux – C'est vrai... mais on n'est pas au Mexique.

Un – Et puis ce n'est pas la Fête des Morts.

Deux – Vous êtes sûr ?

Un – De quoi ?

Deux – Que ce n'est pas la Fête des Morts.

Un – Je ne sais pas...

Deux – En tout cas, on n'est pas au Mexique... Si...?

Silence. Le troisième revient avec trois coupes de champagne sur un plateau, qu'il tend aux autres avec un large sourire. Il tient dans l'autre main une bouteille de champagne, qu'il pose sur la tombe.

Trois – Allez-y, je vous en prie...

Chacun prend une coupe.

Deux – Merci.

Ils semblent tous un peu embarrassés.

Un – Bon, alors à la mémoire de... *(Vérifiant sur la plaque)* Jacky.

Trois – C'est ça.

Ils lèvent leurs verres, avant de les vider.

Deux – Il est bien frais.

Un – Oui, c'est du bon.

Le deuxième saisit la bouteille et regarde l'étiquette, intrigué.

Deux – Madame Clicquot...?

Trois – Ici, les veuves, ça n'existe plus... Au cimetière, tous les couples finissent par se retrouver un jour ou l'autre.

Un – Bien sûr...

Moment de flottement. Ils boivent à nouveau.

Trois – Ce serait encore meilleur avec des canapés, non ?

Deux – Ne vous dérangez pas, on va rester debout.

Un instant déconcerté, le troisième affiche ensuite un large sourire.

Trois – Ah oui ! Non, je voulais dire, des canapés...

Deux – Oui, j'avais compris... Je plaisantais...

Trois – Je vais les chercher...

Le troisième sort à nouveau, en emportant le plateau.

Un – Des canapés... C'est dingue, non ?

Deux – Oui...

Un – Qu'est-ce qu'il a voulu dire avec son histoire de veuve ?

Deux – Je ne sais pas...

Un – Remarquez, c'est sympa, cet enterrement, non ?

Deux – Oui, ça ressemble un peu à un barbecue entre amis.

Un – Sauf que personne ne se connaît.

Deux – Je n'ai pas bien compris qui c'était... Je veux dire, par rapport au défunt.

Nouveau silence. Il regarde la tombe, et donc le portrait.

Un – Il lui ressemble un peu, non ?

Deux – Je dirais même qu'il lui ressemble beaucoup...

Un – Vous croyez que c'est lui ?

Deux – Comment ça pourrait être lui ? Il est mort...

Un – Je ne sais pas.

Le troisième revient avec cette fois des canapés sur son plateau.

Trois – Et voilà ! Je vous en prie, servez-vous...

Un – Merci.

Ils se servent chacun leur tour.

Deux – Je crois que je vais goûter celui-là.

Un – Oui, ils sont très bons.

Deux – Et puis c'est original, ces canapés, en forme de...

Un – En forme de cercueils.

Trois – Je me suis dit que pour cette occasion...

Deux – Oui...

Ils mâchent leurs canapés.

Un – Ça donne soif...

Trois – Je vais chercher sa petite sœur...

Deux – Sa petite sœur ?

Trois – Une autre bouteille !

Un – Ah, oui...

Il sort à nouveau. Les autres regardent le portrait.

Deux – C'est vraiment lui, non ?

Un – On dirait bien.

Deux – Alors il ne serait pas mort ?

Un temps.

Un – Ou alors, c'est qu'on est morts aussi.

Deux – Oui...

Ils échangent un regard embarrassé.

Un – Excusez-moi un instant... *(Il s'éloigne un moment et revient)* C'est dingue...

Deux – Quoi ?

Un – Il y a la mienne aussi...

Deux – La vôtre ?

Un – Ma tombe.

Deux – Vous êtes sûr ?

Un – Il y a mon nom gravé sur la pierre tombale.

Deux – Ah, oui...

Un – Et puis il y a mon portrait. Quand j'étais plus jeune...

Deux – C'est laquelle ?

L'autre lui désigne une tombe du doigt.

Un – C'est la tombe sur laquelle j'ai pris ce pot de fleurs. Je n'avais pas fait attention...

Silence.

Deux – Dans ce cas... il y a sûrement la mienne aussi.

Un – Possible... *(Un temps)* Donc, ce n'est pas... un pot de départ.

Deux – Ce serait plutôt un pot de bienvenue.

Un – Pour ne pas dire une pendaison de crémaillère.

Silence.

Deux – Vous vous en souvenez, vous ?

Un – De quoi ?

Deux – Ben... Comment on est morts...

Un – Je ne suis pas sûr, mais...

Il reprend le journal et regarde à nouveau l'article.

Deux – Qu'est-ce qu'il y a ?

Un – Il y a une photo de l'accident.

Deux – Et alors ?

Un – Les bagnoles ne sont plus que des tas de ferraille mais... je me demande si je ne reconnais pas ma Twingo rouge, là...

Deux – Faites voir... *(Il prend le journal et regarde)* Ah oui... je n'aurais pas reconnu la mienne, mais... c'est bien ma plaque d'immatriculation.

Un – Alors dans les voitures d'en face, c'était nous...

Deux – Apparemment...

Un temps.

Un – Et il espère se faire pardonner avec son champagne Madame Clicquot...

Deux – Et ses petits fours en forme de cercueils.

Un – Il ne manque pas de culot...

Deux – Je vais le tuer.

Un – Il est déjà mort.

Deux – Et nous aussi...

Le troisième revient, un large sourire sur les lèvres, et une autre bouteille de champagne à la main.

Trois – Je vous ressers ?

Les deux autres lui lancent un regard assassin.

Noir

2 – Le piège

Deux personnages se font face.

Un – Alors c'est décidé, tu veux te débarrasser d'elle ?

Deux – Je ne vois pas d'autres solutions. J'ai tout essayé, je t'assure.

Un – On parle de tuer, là. Il n'y a pas de retour en arrière. C'est définitif.

Deux – Je sais.

Un – Tu te sens de vivre avec ça sur la conscience pendant le restant de tes jours ?

Deux – J'en assume la responsabilité, mais je ne suis pas capable de le faire. Tu serais d'accord pour t'en occuper ?

Un – Ce ne sera pas gratuit, évidemment.

Deux – Évidemment.

Un – Quand on ne veut pas se salir les mains, il y a un prix à payer.

Deux – Combien ?

Un – Je te ferai un prix d'ami, rassure-toi.

Deux – OK. Et comment est-ce que tu comptes t'y prendre ?

Un – Tu es sûr de vouloir le savoir ?

Deux – Je préférerais qu'elle ne souffre pas.

Un – Je vais lui tendre un piège.

Deux – Bon... Si tu crois que c'est le plus efficace...

Un – Tu pensais à quoi ? Une arme à feu ?

Deux – Je ne sais pas...

Un – J'ai mes principes, moi aussi. Avec une arme, ce serait vraiment un crime. Le piège, c'est une sorte de compromis entre l'accident et le meurtre. Entre le suicide involontaire et l'homicide hasardeux.

Deux – Pourtant le piège implique bien une intention de tuer...

Un – Oui, mais il requiert aussi le concours de la victime. Si ce n'est son approbation tacite, du moins sa participation fortuite.

Deux – Vraiment ?

Un – Quand on tire sur quelqu'un avec un revolver, on ne lui laisse aucune chance. Avec un piège, la victime a toujours la possibilité de l'éviter. Le meurtrier fait la moitié du chemin, et la victime l'autre moitié.

Deux – À son insu.

Un – En tout cas inconsciemment.

Deux – Bon... Et c'est quoi, ton piège, exactement ?

L'autre sort de sa poche une tapette à souris et lui montre.

Un – Ça.

Deux – Une tapette à souris ?

Un – En plus grand, évidemment.

Deux – Et c'est toi qui vas la construire ?

Un – Ce n'est pas une technologie très sophistiquée, non plus. Si tu respectes les proportions.

Deux – Bon...

Un – Évidemment, il y aura quelques frais en plus...

Deux – Et tu comptes l'attirer avec quoi ? Pas avec du fromage, j'imagine...

Un – Ça dépend... C'est quel genre de souris ?

Deux – Le genre souris de luxe.

Un – Dans ce cas, il y aura aussi un petit supplément pour l'appât.

Deux – Bon... Du moment que tu m'en débarrasses.

Noir.

3 – Une tapette

Deux personnages, qui ressemblent à des clochards mais qui pourront avoir des masques de souris, regardent fixement devant eux.

Un – Tu vois ce fromage, là-bas.

Deux – Je ne vois que ça depuis tout à l'heure.

Silence.

Un – Pourquoi on ne s'est pas encore précipités dessus ?

Deux – Je ne sais pas. Je me méfie.

Un – Moi aussi.

Deux – C'est trop beau pour être vrai.

Un – Il est un peu trop frais, ce fromage.

Deux – Il a l'air de sortir directement du frigo.

Un – Il ne ressemble pas aux morceaux de fromage qu'on trouve par terre ou dans les poubelles.

Deux – Dans les poubelles, c'est seulement des croûtes.

Silence.

Un – Et puis c'est quoi ce truc ?

Deux – Quel truc ?

Un – Ce bout de fromage, il est posé sur une petite planche.

Deux – Ah oui... J'étais tellement fasciné par le fromage que je n'avais pas remarqué la planchette.

Un – Une petite planche, avec une petite barre en métal jaune.

Deux – Jaune comme de l'or.

Un – Oui.

Deux – Ça brille, c'est joli.

Un – Qu'est-ce que ça peut bien être ?

Deux – Un plateau à fromage ?

Un – D'habitude on doit se contenter des miettes sous la table, et là on nous sert ça sur un plateau.

Deux – Qu'est-ce qu'on attend pour y aller ?

Un – En même temps, il n'est pas bien gros ce morceau de fromage. Il n'y en aura pas pour deux.

Deux – Ouais...

Un – Vas-y, je te le laisse.

Deux – Je ne sais pas... Et si c'était un piège ?

Un – On ne va quand même pas le laisser perdre, ce serait dommage.

Deux – Je crois que je vais me laisser tenter.

Un – Après tout... on ne vit qu'une fois.

Deux – J'y vais...

Noir.

Bruit sec du piège qui se déclenche.

Lumière

Il n'y a plus sur scène que le deuxième personnage.

Un – Ouais, on ne vit qu'une fois... Et encore, pas toujours très longtemps. Enfin... maintenant je vais pouvoir le récupérer, ce morceau de fromage...

Noir.

4 – Le chat et la souris

Deux personnages.

Un – Tu te souviens ? Je t'ai dit que j'avais une souris chez moi.

Deux – Ouais.

Un – Tu m'as conseillé de prendre un chat pour m'en débarrasser.

Deux – Et alors ?

Un – Ça a marché. Je n'ai plus de souris.

Deux – Super.

Un – Ouais. *(Silence)* Mais comment je fais pour me débarrasser du chat, maintenant ?

Noir.

5 – L'or et l'argent

Deux personnages, visiblement désœuvrés.

Un – Qu'est-ce qu'on disait, déjà ?

Deux – Rien...

Un – Ah oui... *(Nouveau silence)* Sinon, toi, ça ?

Deux – Ça va... Et toi ? Tu as l'air soucieux...

Un – Non, non, c'est juste que...

Deux – Quoi ?

Un – Je ne sais plus quoi faire de mon fric.

Deux – Tu en as tant que ça ?

Un – Je ne sais pas...

Deux – En tout cas, tu es riche.

Un – À partir de combien on est riche ?

Deux – À partir du moment où on ne sait plus quoi faire de son fric, j'imagine.

Un – Alors il faut croire que je suis riche.

Deux – Tu n'as vraiment plus besoin de rien ?

Un – J'ai déjà tout ce qu'il me faut. Je suis à l'abri du besoin, comme on dit.

Deux – Et il n'y a plus rien qui te fasse envie ?

Un – Malheureusement, avec l'âge, on a de plus en plus d'argent et de moins en moins d'envies.

Deux – Achète quelque chose de beau.

Un – Quelque chose de beau ?

Deux – Des œuvres d'art. En plus, c'est défiscalisé.

Un – Quoi par exemple ?

Deux – Les tableaux, c'est ce qui prend le moins de place...

Un – C'est fragile, les tableaux, non ?

Deux – C'est sûr. Tu n'as qu'à acheter des sculptures, alors. Le marbre, ça ne vieillit pas.

Un – Je me demande si je ne vais pas acheter des lingots, plutôt.

Deux – Des lingots ?

Un – Des lingots d'or.

Deux – Tu ne sais plus quoi faire de ton argent, alors avec ton argent, tu vas acheter de l'or ?

Un – C'est plus solide que les tableaux, non ? Ou même que le marbre. L'or, c'est indestructible.

Deux – Oui, mais les tableaux ou les sculptures, tu peux les regarder.

Un – Les lingots aussi, tu peux les regarder.

Deux – Tu crois ?

Un – Je n'en ai jamais vu en vrai, des lingots d'or. Si j'en avais, je suis sûr que j'aimerais bien les regarder.

Deux – Ouais...

Un – Si tu avais des lingots, tu n'aimerais pas les regarder, toi ?

Deux – Si, sûrement...

Un – Ouais... Des lingots, pourquoi pas...

Deux – Sinon... tu pourrais en donner un peu, de ton argent.

Un – En donner ? À qui ?

Deux – Je ne sais pas, moi... À ceux qui en ont moins que toi.

Un temps.

Un – Tu as moins d'argent que moi, toi ?

Deux – Je ne sais pas.

Un – Je crois que je vais acheter des lingots.

Deux – OK.

Un – Si tu veux, tu pourras les regarder avec moi.

Deux – Merci.

Noir.

6 – Disparition

Un personnage arrive. Il regarde autour de lui, un peu perdu. Puis il se met à pleurer. Un autre personnage arrive.

Un – Eh ben alors ? Qu'est-ce qui vous arrive ?

Deux – J'ai perdu ma femme...

Un – Je suis vraiment désolé. Toutes mes condoléances.

L'autre cesse immédiatement de pleurer.

Deux – Non, mais elle n'est pas morte.

Un – Ah non...?

Deux – C'est juste que... j'étais en train d'essayer des chaussures, elle était là à côté de moi et... l'instant d'après, elle avait disparu.

Un – D'accord, donc... vous avez perdu votre femme.

Deux – Oui, c'est ce que je vous disais.

Un – Mais elle est encore vivante.

Deux – Oui, enfin je crois...

Un – Raison de plus pour ne pas pleurer.

Deux – Oui, mais... elle était là à côté de moi et... l'instant d'après, elle avait disparu.

Un – Elle ne s'est pas volatilisée, tout de même ! Les gens ne disparaissent pas comme ça.

Deux – Je vous l'ai dit ! Elle était là à côté de moi et...

Un – L'instant d'après, elle avait disparu... Oui, j'ai compris.

L'autre regarde autour de lui, complètement déboussolé.

Deux – Disparu... Elle a disparu...

Un – On va la retrouver, ne vous inquiétez pas... Vous voulez que je vous accompagne jusqu'à l'accueil ? Ils accepteront sûrement de passer un message.

Deux – Quel genre de message ?

Un – Vous vous appelez comment ?

Deux – Antoine.

Un – Genre... le petit Antoine attend sa femme à l'accueil.

Deux – Ou alors, elle a décidé de me quitter.

Un – Vous êtes mariés depuis combien de temps.

Deux – Trente ans.

Un – Et au bout de trente ans, ça lui prendrait subitement, comme ça, de vous quitter ? Au beau milieu d'un supermarché, elle vous plante là, et elle part avec le caddy.

Deux – Mon Dieu, le caddy, c'est vrai ! Il a disparu aussi...

Un – Il était vide ou il était plein ?

Deux – Vide, je crois.

Un – Dans ce cas, elle n'est sûrement pas partie bien loin... Quels sont les derniers mots que votre femme vous a dit ?

Deux – Attendez que je réfléchisse... Ah oui, ça y est, ça me revient. Elle m'a dit très exactement : on se retrouve au rayon surgelés.

Un – Dans ce cas, vous devriez aussi envisager une autre possibilité.

Deux – Laquelle ?

Un – Qu'elle vous attende au rayon surgelés.

Deux – Vous croyez ?

Un – Je vois mal une femme quitter son mari après trente ans de mariage et lui dire en guise d'adieu : on se retrouve au rayon surgelés. Sans avoir l'intention de s'y rendre...

Deux – Vous avez raison, je vais aller voir là-bas. Merci ! Merci, vraiment...

Il s'apprête à partir. On entend alors un message off.

Voix off – La petite Josiane attend son mari au rayon bricolage.

Deux – Vous croyez que ça pourrait être elle ?

Un – Comment s'appelle votre femme ?

Deux – Josiane.

Un – Vous devriez aller voir...

L'autre s'en va, mais revient aussitôt.

Deux – C'est où, le rayon bricolage ?

Un – Je vais vous accompagner...

Noir.

7 – Évasion

Deux personnages dans une cellule de prison.

Un – Ça fait combien de temps que tu es en prison, toi ?

Deux – Ça fera dix ans le 25 décembre.

Un – Le 25 décembre ? T'avais buté le Père Noël pour lui braquer sa hotte ?

Deux – Presque... J'ai buté le Père Fouettard pour qu'il arrête de me filer des gnons...

Un – Et tu as pris perpète pour ça ?

Deux – Les juges aussi ont des enfants. Ça leur file les jetons, les gosses qui butent leur paternel pour des raisons aussi futiles.

Un – Celui qui t'a condamné devait battre ses gosses aussi. Ou pire...

Deux – J'aurais dû le faire deux ans plus tôt. J'étais encore mineur, la peine aurait été moins lourde.

Un – Réfléchir trop longtemps, ce n'est jamais bon.

Deux – Et toi ?

Un – Moi ? Je ne sais plus...

Deux – Tu ne sais plus pourquoi tu es là ou tu sais plus depuis quand ?

Un – Pourquoi, je préfère oublier. Et depuis quand... Au bout de vingt ans, j'ai arrêté de compter.

Deux – Je commence à me demander si on nous libérera un jour.

Un – Je ne suis pas sûr d'avoir encore envie de sortir.

Deux – Pourquoi tu dis ça ?

Un – Après toutes ces années au placard... Dehors, on ne reconnaîtra plus rien. Ni personne.

Deux – Et personne ne nous reconnaîtra plus.

Un – Le dernier café que j'ai pris à un comptoir de bistrot, je l'ai payé en francs, tu te rends compte ?

Deux – C'est comme si on était morts depuis tout ce temps. Enterrés vivants. Un jour, on nous replongera brusquement dans la vie. Ce sera comme une deuxième naissance.

Un – Mais au lieu d'être des nouveaux-nés, avec des parents pour s'occuper de nous, on sera des vieillards, sans personne pour nous tenir la main.

Deux – Comme des poissons qu'on replonge dans la mer et qui ne savent plus nager. Parce qu'ils sont restés trop longtemps hors de l'eau.

Un – C'est con, ce que tu dis... Hors de l'eau, de toute façon, ils meurent asphyxiés, les poissons.

Deux – Ouais... Je me sens comme un poisson dans l'air.

Un – On a fini en taule parce qu'on était inadaptés à la vie en société. Est-ce qu'après trente ans de placard on sera plus adaptés qu'avant ?

Deux – On n'a pas fait les bons choix, c'est tout. Qu'est-ce que tu voulais faire, toi, quand tu étais gosse ?

Un – Quand on jouait aux gendarmes et aux voleurs, je voulais toujours être gendarme. Je ne sais pas où ça a merdé. Et toi ?

Deux – Moi je voulais être astrophysicien. Mais j'étais trop bête.

Un – C'est quoi astrophysicien ?

Deux – Les étoiles, les planètes, tout ça.

Un – Ah ouais... L'astrologie, quoi. Tu es de quel signe toi ?

Deux – Poisson.

Un – Ah ouais...

Deux – Qu'est-ce que tu en penses, toi ? Tu crois qu'on est seuls dans l'univers ?

Un – En tout cas, on est seuls au monde. Alors qu'est-ce que ça peut nous foutre, s'il y a des martiens ou pas ?

Deux – On a pris perpète. Une invasion extraterrestre, il n'y a plus que ça qui pourrait nous sauver, non ?

Un – Ouais.

Deux – À la Révolution, on a pris la Bastille, et on a libéré les prisonniers.

Un – Alors c'est ça, ton plan d'évasion ?

Deux – Tu en as un autre ?

Un – Tu as raison, les Martiens, c'est le seul espoir qui nous reste.

Deux – Malheureusement, je n'ai pas encore trouvé le moyen d'entrer en contact avec eux.

Un temps.

Un – Et à supposer qu'ils existent, les Martiens, et que t'arrives à leur envoyer un message. Qu'est-ce que tu vas leur dire pour les convaincre de venir nous libérer ?

Deux – Je ne sais pas... Tu as une idée toi ?

Un – Ça dépend... À ton avis, les extraterrestres, ils sont du côté des gendarmes ou des voleurs ?

Noir.

8 – Ça va

Deux personnages sont là, le deuxième semble perdu dans ses pensées.

Un – Ça va ?

Deux – Ça va.

Un – Ça n'a pas l'air d'aller.

Deux – Si, si, ça va... C'est juste que...

Un – Quoi ?

Deux – Tu vas me prendre pour un fou...

Un – Dis toujours.

Deux – Tu connais cette phrase : il ne lui manque plus que la parole.

Un – Oui.

Deux – Eh bien ce matin, mon chien m'a parlé.

Un – Et qu'est-ce qu'il t'a dit ?

L'autre lui lance un regard surpris.

Deux – Qu'est-ce qu'il m'a dit ?

Un – Oui.

Deux – Je te dis que mon chien parle, et toi tu me demandes ce qu'il dit ?

Un – Ben oui.

Deux – Euh... Le scoop, c'est que j'ai un chien qui parle, ce n'est pas ce qu'il dit, non ?

Un – Qu'est-ce que tu voulais que je te réponde, alors ?

Deux – Je ne sais pas, moi. Tu aurais pu de me dire... non mais c'est une blague, un chien ça ne parle pas.

Un – Excuse-moi.

Deux – Tu es vraiment prêt à croire n'importe quoi, toi.

Un – Donc ce n'est pas vrai.

Deux – Si ! C'est absolument vrai !

Un – Bon... Donc je répète ma question : qu'est-ce qu'il a dit ? Je serais curieux de savoir ce que les chiens pourraient bien avoir à nous dire.

Deux – Ce n'était pas une déclaration officielle, non plus. C'était juste une... banale conversation entre mon chien et moi.

Un – Une banale conversation ? À propos de quoi ?

Deux – Eh bien, j'avais commencé à lui dire que...

Un – Parce que tu parles à ton chien ?

Deux – Évidemment ! Tout le monde parle à son chien. Tu ne parles pas à ton chien, toi ?

Un – Je n'ai pas de chien. Il m'arrive de me parler à moi-même, comme tout le monde, mais... Donc tu parlais à ton chien. Et qu'est-ce que tu lui disais, au juste ?

Deux – Je lui disais... Je ne me souviens plus des mots exacts, mais... c'était à propos de sa pâtée.

Un – Sa pâtée ?

Deux – Oui, je lui donnais sa pâtée, comme tous les jours, et à un moment donné, j'ai dû lui dire quelque chose comme... alors elle est bonne la pâtée du chienchien ?

Un – Alors elle est bonne la pâtée du chienchien ?

Deux – Oui...

Un – Et alors ?

Deux – Alors il a répondu... « ça va ».

Un – « Ça va ? »

Deux – « Ça va ». Ça voulait dire j'imagine, ça va, elle n'est pas trop mauvaise.

Un – Et après ?

Deux – Après... il a mangé sa pâtée.

Un – C'est tout ce qu'il a dit ?

Deux – C'est déjà pas mal, non ?

Un – Tout de même. C'est un chien qui n'a pas beaucoup de conversation, non ?

Deux – Ouais.

Un – Et tu es sûr d'avoir bien entendu.

Deux – Je t'assure, il a dit « ça va ».

Un – Et depuis il n'a plus rien dit ?

Deux – Rien.

Un – D'un autre côté... si il a dit que ça allait.

Deux – Ouais.

Un – Tu devrais peut-être essayer de lui poser une question moins con, pour voir.

Deux – Comme quoi ?

Un – Je ne sais pas moi...

Deux – Je pourrais lui dire... il fait beau, aujourd'hui, non ?

Un – J'avais dit une question moins con...

Deux – Je ne vais quand même pas lui demander ce qu'il pense des élections américaines ! Ce n'est qu'un clebs, après tout.

Un – Je me demande si le plus simple, ce ne serait pas d'arrêter de lui parler.

Deux – Ouais, peut-être. Mais ça va me manquer de ne plus parler à mon chien. Jusque là je lui parlais, il ne répondait pas. Ça m'allait très bien comme ça.

Un – L'interlocuteur idéal, quoi.

Deux – Et puis j'avoue que j'ai un peu peur.

Un – Peur ? De quoi ?

Deux – De ce qu'il pourrait me dire.

Un – Comment ça ?

Deux – C'est un clébard ! Il y a peut-être des choses que les clébards savent et que nous on ne sait pas.

Un – Des choses ? Quoi, par exemple ?

Deux – Je ne sais pas ! Si je le savais, ça ne me foutrait pas les jetons...

Un – Bon ben... oui. Tu n'as qu'à arrêter de lui parler.

Deux – Ouais... mais il va penser que je lui fais la gueule. Non, franchement, je ne sais plus comment m'en sortir, avec ce chien. Je ferais peut-être mieux de m'en débarrasser.

Un – T'en débarrasser ? Tu veux dire...

Deux – Tu as raison, je ne peux pas faire ça. Abandonner un chien sur une aire d'autoroute, c'est déjà une très mauvaise action, mais alors un chien qui parle...

Un – Ouais...

Deux – Enfin, ça m'a fait du bien de t'en parler.

Un – Tant mieux...

Deux – À plus tard, alors.

Un – C'est ça.

Il sort. L'autre reste un instant pensif, avant de s'adresser au public.

Un – Ouaf ! Ouaf, ouaf ! Ouaf, ouaf, ouaf

Noir.

9 – Authentification

Un personnage est assis à un bureau. Un autre arrive.

Un – Bonjour, c'est pour authentifier une signature.

Deux – Oui...

Un – C'est une procuration pour la vente de notre maison de campagne.

Deux – Très bien.

Un – On n'y allait presque plus de toute façon et... Enfin, je ne vais pas vous raconter ma vie.

Deux – Non.

Un – Je ne pourrai pas être présent pour la signature du compromis parce que... Bref, je dois faire une procuration, et le notaire m'a dit que la signature devait être authentifiée en mairie.

Deux – D'accord...

Un – Voici le document, et ma carte d'identité.

L'autre regarde la carte d'identité.

Deux – Monsieur Ramirez.

Un – C'est cela.

Deux – Bon... *(Il jette aussi un coup d'œil à la procuration)* Jean-Claude Ramirez.

Un – Oui, vous voyez, c'est bien le même nom.

Deux – En effet...

Un – Alors je signe ?

Deux – Si vous voulez.

Un – Vous regardez bien, hein ? Parce que je n'ai pas de double. Il ne faut pas me dire après : excusez-moi, je regardais ailleurs, est-ce que vous pouvez recommencer ?

Deux – Je regarde.

L'autre signe le document.

Un – Et voilà, je paraphe chaque page... et je signe.

Deux – Parfait... Je peux faire autre chose pour votre service Monsieur... Ramirez ?

Un – Ben... oui, il me semble !

Deux – Et quoi donc ?

Un – Le tampon ! Vous aussi, vous devez signer. Et mettre le tampon de la mairie.

Deux – Bien sûr ! Où avais-je la tête ? Alors, où est-ce que je l'ai encore mis ce tampon de la mairie...

Un – Il est là, juste à côté de vous.

Deux – Ah oui, c'est vrai... Alors, l'encreur... *(Il encre le tampon)* Et voilà... J'espère que j'ai mis assez d'encre... Vous savez ce que c'est, avec les tampons. Soit on ne met pas assez d'encre et c'est illisible, soit on en met trop et ça bave. Qu'est-ce que vous préférez ?

Un – Qu'est-ce que je préfère ?

Deux – Vous préférez que ce soit illisible ou que ça bave ?

Un – S'il faut vraiment choisir... je préfère que ça bave un peu.

Deux – Je vais faire de mon mieux... *(Il encre à nouveau le tampon et s'apprête à tamponner le document avec un air concentré, mais au dernier moment il arrête son geste)* Mais attendez un peu...

Un – Quoi ?

Deux – Après tout... qu'est-ce qui me prouve que c'est vraiment vous ?

Un – Pardon ?

Deux – Je suis là pour authentifier cette signature, n'est-ce pas ?

Un – Oui.

Deux – Qu'est-ce qui me prouve que la personne que j'ai devant moi est bien celle qui est mentionnée sur cette procuration.

Un – Je viens de vous donner ma carte d'identité...

Deux – Bien sûr... Vous avez raison...

Un – OK.

L'autre s'apprête à mettre le tampon.

Deux – Attendez une minute...

Un – Quoi encore ?

Deux – Qu'est-ce qui me prouve que la personne que j'ai devant moi est bien celle qui est mentionnée sur cette carte d'identité ?

Un – Eh bien parce que... c'est moi qui viens de vous la donner.

Deux – Vous pourriez l'avoir volée.

Un – Parce que la signature que je viens d'apposer sur cette procuration est la même que celle qui figure sur ma carte d'identité.

Deux – Vous pourriez l'avoir imitée, cette signature. Surtout qu'entre nous, elle n'a pas l'air bien compliquée à imiter.

L'autre se met à douter.

Un – Vous avez raison... En fait, ça ne prouve rien...

Deux – Ben non.

Un – Mais alors... qu'est-ce que je peux faire pour vous prouver que... je suis bien Jean-Claude Ramirez ?

Deux – Même ça, ça ne prouverait rien.

Un – Comment ça ?

Deux – Vous pourriez être un homonyme.

Un – Un homonyme ?

Deux – Reconnaissez que des Jean-Claude Ramirez... il ne doit pas y en avoir qu'un. Malheureusement...

Un – Bien sûr...

Deux – Comment savoir si vous êtes le bon ?

Un – Moi-même je commencerais presque à en douter...

Deux – Alors comment on fait ?

Un – Les empreintes digitales ?

Deux – Il peut arriver que deux personnes aient exactement les même empreintes digitales.

Un – Vous croyez ?

Deux – C'est rare, mais c'est possible.

Un – Quelle est la probabilité ?

Deux – Une chance sur 64 milliards.

Un – Nous ne sommes pas 64 milliards sur cette terre.

Deux – Sur cette terre, non, mais s'il y avait d'autres hommes, ailleurs, sur d'autres planètes.

Un – Je vois... Alors pour ma procuration, c'est foutu...?

Deux – Vous savez quoi ?

Un – Quoi ?

Deux – Votre tête m'est sympathique.

Un – Vraiment.

Deux – Oui... Une bonne tête de Jean-Claude.

Un – Et alors ?

Deux – Je vais vous accorder le bénéfice du doute. *(Il tamponne le document, le signe, et le tend à l'autre)* Et voilà, Monsieur Ramirez !

Un – Merci de votre confiance ! Je ne sais pas comment vous remercier.

Il prend le document et y jette un coup d'œil.

Deux – Un problème ?

Un – Euh... vous êtes sûr que c'est bien le tampon de la mairie ?

Deux – Vous voulez insinuer que je pourrais... ne pas être celui que je prétends être ?

Un – Non, mais...

Deux – Alors c'est vous qui doutez de mon identité, maintenant ?

Un – Vous auriez pu vous tromper de tampon.

Deux – De tampon ?

Un – Ce n'est pas le tampon de la mairie.

Deux – Faites voir... *(Il reprend le document et y jette un coup d'œil)* Vous avez raison, ce n'est pas le tampon de la mairie.

Un – Vous êtes sûr que vous êtes bien un employé de mairie ?

Deux – Sûr...? Non. À vrai dire... je serais même plutôt sûr du contraire.

Un – Vous n'êtes pas un employé de la mairie ?

Deux – Non.

Un – Mais alors... si je ne suis pas qui je prétend être, et vous non plus, qui sommes-nous ?

Deux – Être ou ne pas être, telle est la question... Mais pour y répondre, je vous conseille de vous adresser juste en face.

Un – En face ? Et pourquoi ça ?

Deux – Parce que c'est là que se trouve l'Annexe de la Mairie.

Un – Et ici, c'est quoi, alors ?

Deux – Ici, c'est une auto-école.

Un – Je vois ce que vous voulez dire...

Il hésite à partir.

Deux – Encore un problème, Monsieur Ramirez ?

Un – Je vous l'ai dit... *(Montrant le document)* Je n'avais pas de double...

Noir.

10 – Abrutis

Un personnage est là, un autre arrive.

Un – Alors ça y est ? Vous avez pu décoder leur message ?

Deux – Nos meilleurs spécialistes sont sur le coup. Ça ne devrait plus tarder. J'ai demandé à ce qu'on m'envoie la transcription directement sur mon portable.

Un – Et leur vaisseau spatial ?

Deux – Il est déjà en orbite autour de la Terre.

Un – Vous vous rendez compte ? C'est un moment unique dans l'histoire de l'Humanité ! Pour la première fois, nous allons entrer en contact avec une civilisation extraterrestre.

Deux – Oui. J'ai hâte de savoir ce qu'ils ont à nous dire.

Un – S'ils ont réussi à venir jusqu'à nous, c'est qu'ils maîtrisent des techniques dont nous ignorons tout. Ils ont sûrement des tas de choses à nous apprendre.

Deux – Et ils seront curieux de nous connaître aussi.

Un – Même s'ils sont plus avancés que nous d'un point de vue technologique, nous pouvons sans doute leur apporter des tas de choses qu'ils n'ont pas.

Deux – Bien sûr. Dans le domaine artistique, par exemple.

Un – Oui. Ou... je ne sais pas moi. De la politique...

Deux – De la politique, vous croyez ?

Un – Non, de la politique, peut-être pas.

Deux – C'est vrai qu'on n'est pas forcément des exemples à suivre dans tous les domaines mais... on n'est pas obligés de tout leur dire tout de suite, non plus.

Un – Vous avez raison, dans un premier temps, autant leur montrer notre meilleur profil.

Le portable de l'autre émet un signal pour indiquer qu'un message vient d'arriver. Ils restent tous les deux un instant tétanisés. Le deuxième jette un regard à l'écran de son téléphone.

Deux – Ça y est, on a réussi à décoder leur message.

Un – On va enfin savoir.

Deux – Qu'est-ce que je fais ?

Un – Eh ben lisez !

L'autre regarde l'écran de son portable, et semble très étonné.

Deux – C'est assez bref...

Un – C'est un premier contact. Mais qu'est-ce que ça dit ?

Deux *(lisant)* – À court de carburant. Demandons autorisation de faire le plein d'hydrogène sur votre planète... afin de pouvoir poursuivre notre voyage.

Un – À court de carburant ?

Deux – En panne sèche, quoi.

Un – Afin de poursuivre notre voyage... En gros, ils nous voient comme une station-service ?

Deux – Ça y ressemble.

Un – Et donc... ils n'ont pas l'intention d'en profiter pour faire connaissance avec nous ?

L'autre vérifie sur son écran.

Deux – Apparemment... ils veulent seulement faire le plein.

Consternation.

Un – Maintenant qu'on a déchiffré le code, on peut communiquer avec eux, non ?

Deux – Oui, je suppose.

Un – Dans ce cas... demandez à nos visiteurs venus de l'espace quel est le but de leur voyage, exactement.

L'autre tapote quelque chose sur son clavier.

Deux – C'est parti.

Silence. Ils échangent des regards anxieux. Nouveau signal sonore annonçant l'arrivée d'une réponse. Le deuxième regarde son écran.

Un – Alors ? C'est quoi l'objectif de ce voyage d'exploration ? Si ce n'est pas pour nous rencontrer...

Deux *(lisant)* – Il s'agit de savoir si, à part eux, il existe ailleurs dans l'univers une forme de vie intelligente.

Un – Une forme de vie intelligente ?

Deux – Une forme de vie intelligente...

Un – Et nous alors ?

Deux – Hélas, je ne vois qu'une seule réponse possible à cette question.

Un – Je crois deviner laquelle...

Deux – Ils nous considèrent comme des abrutis complets.

Ils échangent un regard consterné.

Noir.

11 – La carte

Un personnage est là, regardant avec perplexité la carte qu'il tient à la main. Un autre personnage arrive. Le premier l'interpelle.

Un – Excusez-moi... Vous êtes du coin ?

Deux – Ça dépend. De quel coin ?

Un – Non je voulais dire... je ne sais pas si vous êtes d'ici.

Deux – Oui...?

Un – Non parce que moi, je ne suis pas du coin et... je suis un peu désorienté.

Deux – Désorienté...

Un – Un peu perdu, si vous préférez.

Deux – Qu'est-ce que je peux faire pour vous ?

Un – Eh bien... je voudrais savoir où je me trouve, tout simplement. Vous savez où on est ?

Deux – Oui.

Un – Et vous pouvez me dire où je suis ?

Deux – D'accord... *(Il jette un regard autour de lui)* Alors vous êtes à peu de choses près... entre cet arbre, là, et moi.

Un – Pardon ?

Deux – Ou si vous préférez, vous êtes... sous le soleil, exactement, puisqu'il est midi, et puisqu'on est au printemps, sur ces primevères, que vous êtes en train de piétiner.

Un – Oui, je vois bien mais... ce que j'aimerais savoir c'est où je suis... sur cette carte.

Deux – Ah pardon, excusez-moi. Votre carte, bien sûr... Faites voir...

L'autre lui tend la carte, un peu méfiant. Le deuxième examine la carte attentivement.

Un – Alors ?

Deux – Je ne vois rien... Non, vous n'êtes pas sur cette carte...

Un – Non ?

L'autre jette un nouveau regard sur la carte.

Deux – Non, je vous assure. *(Lui montrant la carte)* Regardez, vous n'y êtes pas. Les primevères non plus, d'ailleurs. Si vous étiez sur cette carte, on le verrait, non ?

Un – Mais ce n'est pas possible. Je n'ai pas pu aller aussi loin. Au point de ne plus être sur cette carte.

Deux – Il arrive qu'on dépasse les bornes, sans s'en rendre compte.

Un – Mais alors... où est-ce que je peux me trouver ?

Un temps.

Deux – Donc vous êtes quelqu'un qui se cherche encore.

Un – Quoi ?

Deux – Quand on se demande où on se trouve, c'est qu'on se cherche, non ?

Un – Je vous remercie beaucoup pour votre aide. Je crois que je suis encore plus perdu que je ne l'étais avant de vous rencontrer.

Deux – Vous êtes perdu parce que vous vous cherchez sur une carte, au lieu de vous chercher là où vous vous trouvez vraiment.

Un – Ah oui ? Et où est-ce que je me trouve exactement ?

Deux – Vous vous trouvez là où vous êtes, tout simplement. Ici.

Un – Le problème, ce n'est pas de savoir où je suis, c'est de savoir dans quelle direction je dois aller pour trouver ce que je cherche ?

Deux – Et qu'est-ce que vous cherchez ?

Un – Ma voiture.

Deux – Pour aller où ?

Un – Pour rentrer chez moi.

Deux – Je vous conseille plutôt de camper ici.

Un – Camper ? Mais je n'ai pas de tente ! Et puis j'ai des choses à faire...

Deux – Quoi, par exemple ?

Un – Je ne sais pas, moi... Il faut que j'aille travailler.

Deux – Travailler ? Pour quoi faire ? Pour payer le crédit de votre voiture ?

L'autre semble un peu abattu.

Un – Ou pour en acheter une autre, si je n'arrive pas à retrouver la mienne... Vous avez raison, finalement, je vais peut-être devoir dormir ici, à la belle étoile.

Deux – Les nuits sont douces en cette saison...

Un – Alors vous êtes perdu, vous aussi ?

Deux – Si on veut... J'étais d'ailleurs, moi aussi. Comme vous. Je suis venu me perdre ici. Dans ce trou perdu... J'ai fini par m'y retrouver. Et maintenant, je suis du coin, comme on dit.

Un – Oui, et ben moi j'aimerais bien ne pas y prendre racine...

L'autre lui lance un regard perplexe.

Deux – Votre voiture, c'est bien une Peugeot 107 de couleur rouge.

Un – Oui.

Deux – Elle est juste derrière vous, sur le parking en contrebas, de l'autre côté du chemin.

Un – Non ? Merci beaucoup, vous me sauvez la vie !

Deux – Vous croyez ?

Un – Mais entre nous, vous auriez pu me le dire plus tôt...

Deux – Maintenant au moins, vous savez où vous en êtes... Tenez, je vous rends votre carte.

Noir.

12 – Les primevères

Un personnage est là, un autre arrive.

Un – Excusez-moi, vous savez quel jour on est ?

Deux – On est aujourd'hui, je crois.

Un – Aujourd'hui ?

Deux – Juste entre hier et demain.

Un – Oui, mais... on est le 20, le 21 ou le 22 ? Je ne sais plus.

Deux – Le 21... quoi ?

Un – Le 21 mars.

Deux – Qu'est-ce que ça change ?

Un – Ça change que si on est le 21, c'est aujourd'hui le printemps. Alors que si nous sommes le 20, c'est demain. Et si nous sommes le 22 c'était hier.

Deux – Vous pensez vraiment que le printemps arrive comme ça, un jour précis ? En l'occurrence le 21 mars ?

Un – Ben oui... Non ?

Deux – Alors si nous sommes le 20, c'est encore l'hiver, et si nous sommes le 22 c'est déjà le printemps ?

Un – Je ne sais pas... Je ne sais pas quel jour on est.

Deux – Moi non plus.

Un – Bon...

Deux – Il fait beau, aujourd'hui, non ?

Un – Oui... Il fait un temps... printanier.

Deux – Regardez ces primevères... elles n'ont pas attendu de savoir si on était le 20 ou le 21 pour fleurir.

Un – C'est vrai.

Deux – Alors on n'a qu'à dire que c'est déjà le printemps.

Un – D'accord...

Deux – Une hirondelle ne fait pas le printemps, mais à partir de deux, on a déjà quelques raisons d'espérer.

Noir.

Mars 2021